सतरंगे पंखोंवाली

नागार्जुन

वाणी प्रकाशन

प्रकाशन के उत्कृष्टतम 61 वर्ष

सजिल्द पहला संस्करण : 2001
सजिल्द दूसरा संस्करण : 2024

vaniprakashan.com

वाणी प्रकाशन

4695, 21-ए, दरियागंज, नयी दिल्ली-110 002

फ़ोन : +91 11 23273167, 23275710

शाखाएँ

अशोक राजपथ, पटना-800 004, बिहार

कॉफ़ी हाउस कैम्पस, महात्मा गांधी मार्ग, प्रयागराज-211 001, उत्तर प्रदेश

महात्मा गांधी अन्तरराष्ट्रीय हिन्दी विश्वविद्यालय, वर्धा-442 001, महाराष्ट्र

sales@vaniprakashan.in
vaniprakashan@gmail.com

Satrange Pankhonwali
by Nagarjun

ISBN : 978-93-8991-567-9
Poetry Collection

मूल्य : ₹ 325

जी.एस. ऑफ़सेट द्वारा दिल्ली-110 095 में मुद्रित

वाणी प्रकाशन का लोगो मक़बूल फ़िदा हुसेन की कूची से

प्रस्तुत संग्रह पच्चीस वर्षों के बाद पुनः प्रकाशित हो रहा है। इस संग्रह की चर्चा '59 से अब तब लगातार होती रही है। इधर कई नए संग्रह आ जाने से तथा 'युगधारा' और 'प्यासी पथराई आँखें, का पुनर्मुद्रण हो जाने के कारण इस संकलन की उपयोगिता एवं अनिवार्यता महसूस की जा रही है।

संग्रह की रचनाएँ '56-'57-'58 की हैं। इनमें से अधिकांश का प्रकाशन समय-समय पर सामयिक पत्र-पत्रिकाओं में हो चुका है।

—शोभाकान्त

अनुक्रम

सतरंगे पंखोंवाली

सतरंगे पखोंवाली

दिये थे किसी ने शाप
लाख की कोशिश
नहीं बचा पाया उन्हें
गल गये बेचारे
सहज शुभाशंसा की मृदु-मद्धिम आँच में
हाय, गल ही गये !
जाने कैसे थे वे शाप
जाने किधर से आये थे बेचारे

दी थी यद्यपि आशीष नहीं किसी ने
फिर भी, हाँ, फिर भी
आ ही गई बेचारी
तिहरी मुस्कान के चटकीले डैनों पे सवार
निगाहों ने कहा—आओ बहन, स्वागत !
तन गई पलकों की पश्मीन छतरी

एक बार झाँका निगाहों के अंदर
ठमक गई बरोनियों की ड्योढ़ी पर
बार-बार पूछा तो बोली—
झुलसा पड़ा है यहाँ दिल का बगीचा
गवारा नहीं होगी कड़वी-कसैली भाफ
ऐसे में तो अपना दम ही घुट जायगा

गले हैं जाने किनके कंकाल
नोनी लगी है जाने किनके हाड़ों में
छिड़क देते कपूरी पराग
काश तुम अपनी सादी मुस्कान का !

अंतर की सपाट भूमिका से
परिचित तो था ही
कर ली कबूल भीतरी दरिद्रता
क्षण भर बाद बोला विनीत मैं—
हाँ जी, ऊधमी अशुभ शाप ही तो थे
गलते-गलते भी
छोड़ गये ढेर-सी
जहरीली बू-बास !

आ ही गई उझक-उझक कर होठों के कगारों तक
संजीदगी में डूबी कृतज्ञ मुस्कान
तगर की-सी सादगी में
जगमगा उठे धँसे-धँसे गाल
फिर तो मुसकुराई मासूम आशीष
सतरंगे पंखोंवाली पवित्र तितली
खिले मुख को इर्द-गिर्द लग गई मडराने
आहिस्ते से गुनगुनाई—
हाँ, अब आ सकती हूँ
मिट गई भलीभाँति शापों की तासीर
अब तो मैं रह लूंगी पद्मगंधी मानस में
तो फिर निगाहों ने कहा—आओ बहन, स्वागत···
तन गई तत्काल पलकों की पश्मीन छतरी

हो चुकी थी आशीष अंदर दाखिल
तो भी देर तक निगाहों पर
तनी रही पलकों की पश्मीन छतरी

हो चुकी थी आशोष अंदर दाखिल
तो भी देर तक
उझक-उझक कर आती रही बाहर
संजीदा और कृतज्ञ मुस्कान

यह कैसे होगा ?

यह कैसे होगा ?
यह क्योंकर होगा ?

नई-नई सृष्टि रचने को तत्पर
कोटि-कोटि कर-चरण
देते रहें अहरह स्निग्ध इंगित
और मैं अलस-अकर्मा
पड़ा रहूँ चुपचाप !
यह कैसे होगा ?
यह क्योंकर होगा ?

अधिकाधिक योग-क्षेम
अधिकाधिक शुभ-लाभ
अधिकाधिक चेतना
कर लूँ संचित लघुतम परिधि में !
असीम रहे व्यक्तिगत हर्ष-उत्कर्ष !
अकेले ही सकुशल जी लूँ सौ वर्ष !
यह कैसे होगा ?
यह क्योंकर होगा ?
यथासमय मुकुलित हों

यथासमय पुष्पित हों
यथासमय फल दें
आम और जामुन, लीची और कटहल !
तो फिर मैं ही बाँझ रहूँ !
मैं ही न दे पाऊँ !
परिणत प्रज्ञा का अपना फल !
यह कैसे होगा ?
यह क्योंकर होगा ?

सलिल को सुधा बनाएँ तटबंध
धरा को मुदित करें नियंत्रित नदियाँ
तो फिर मैं ही रहूँ निबंध !
मैं ही रहूँ अनियंत्रित !
यह कैसे होगा ?
यह क्योंकर होगा ?

भौतिक भोगमात्र सुलभ हों भूरि-भूरि,
विवेक हो कुंठित !
तन हो कनकाभ, मन हो तिमिरावृत !
कमलपत्री नेत्र हों बाहर-बाहर,
भीतर की आँखें निपट-निमीलित !
यह कैसे होगा ?
यह क्योंकर होगा ?

आओ प्रिय, आओ

आओ प्रिय, आओ !
बहुत दिन हो गये,
आज फिर साथ-साथ बैठें घड़ी-आध घड़ी
ऐसी भी नफरत क्या !
इतना अलंघ्य है विरक्ति का प्राचीर ?
आओ प्रिय आओ,
भले ही बोल-चाल बंद रहे
पूछापेखी नदारद
तो भी साथ-साथ बैठें घड़ी-आध घड़ी
खोंटकर दूब की नरम-नरम सींक
खोदता रहूँगा दाँत
सोचता रहूँगा तुम्हारे ही बारे में
और तुम भी
निकाल लेना सिगरेट
जला लेना धीरे से
उठेगी तो सही आवाज
माचिस पर तीली घिसते ही
उड़ते रहेंगे धुएँ के छल्ले
सोचते रहोगे शायद मेरे ही बारे में
और कुछ ना सही, साथ-साथ बैठना होगा
बहुत दिन हो गये, आओ प्रिय आओ !

ठीक है, ठीक है···
मैंने तुम्हें गालियाँ दी थीं
दुर्वचन कहे थे आमने-सामने
और, तुमने टेककर हथेली पर गाल
सब कुछ सुना था गंभीर-निर्वाक्
घुटते उद्वेगों की फीकी छाया
मुख की कांति को कर रही थी मलिन
करोटन के गमले में गड़ी थीं निगाहें
पैशाचिक तुष्टि से भास्वर था किन्तु मेरा चेहरा
ठीक है, ठीक है
ढेर-ढेर-सी बातें
मैं नहीं भूल सका फिर तुम्हीं भला भूलोगे कैसे !
लेकिन, अब तो भई रहा नहीं जायगा मुझसे
बहुत दिन हो गये
आओ साथ-साथ बैठें
भाई का प्यार—
बहन की ममता—
मीत के नेह-छोह—
आओ आज सब कुछ तुम्हीं पर उँडेल दूँ ?

काले-काले भौंरे

होठ हिले
हिलते रहे
देर तक हिलते ही रह गये
उस पार—
मोतिया दंतपंक्तियों के अंदर
काँपती रही क्षोभ के मारे जीभ
निकल आई बासी भाफ ताजा सौरभ के बदले
अर्धस्फुट कमल की पंखड़ियों को क्या हो गया था जाने
निकलते रहे बाहर
एक के बाद एक
काले-काले भौंरे—
गालियाँ, आक्रोश, अभिशाप !
हिलते रहे होठ
देर तक हिलते ही रह गये
हिलती रहीं देर तक
अर्धस्फुट कमल की फीकी पंखड़ियाँ

तन गई रीढ़

झुकी पीठ को मिला
किसी हथेली का स्पर्श
तन गई रीढ़

महसूस हुईं कन्धों को
पीछे से,
किसी नाक की सहज उष्ण निराकुल साँसें
तन गई रीढ़

कौंधी कहीं चितवन
रँग गये कहीं किसी के होठ
निगाहों के जरिये जादू घुसा अंदर
तन गई रीढ़

गूँजी कहीं खिलखिलाहट
टूक-टूक होकर छितराया सन्नाटा
भर गये कर्णकुहर
तन गई रीढ़

आगे से आया
अलकों के तैलाक्त परिमल का झोंका
रग-रग में दौड़ गई बिजली
तन गई रीढ़

यह् तुम थीं

कर गई चाक
तिमिर का सीना
जोत की फाँक
यह तुम थीं

सिकुड़ गई रग-रग
झुलस गया अंग-अंग
बनाकर ठूँठ छोड़ गया पतझार
उलंग असगुन-सा खड़ा रहा कचनार
अचानक उमगी डालों की संधि में
छरहरी टहनी
पोर-पोर में गसे थे टूसे
यह तुम थीं

झुका रहा डालें फैलाकर
कगार पर खड़ा कोढ़ी गूलर
ऊपर उठ आई भादों की तलइया
जुड़ गया बौने की छाल का रेशा-रेशा
यह तुम थीं !

देखना ओ गंगा मइया

चंद पैसे
दो-एक दुअन्नी-इकन्नी
कानपुर-बंबई की अपनी कमाई में से
डाल गये हैं श्रद्धालु गंगा मइया के नाम
पुल पर से गुजर चुकी है ट्रेन
नीचे प्रवहमान उथली-छिछली धार में
फुर्ती से खोज रहे पैसे
मलाहों के नंग-धड़ंग छो...
दो-दो पैर
हाथ दो-दो
प्रवाह में खिसकती रेत की ले रहे टोह
बहुधा-अवतरित चतुर्भुज़ नारायण ओह
खोज रहे पानी में जाने कौस्तुभ मणि !
बोड़ी पियेंगे···
आम चूसेंगे···
या कि मलेंगे देह में साबुन की सुगंधित टिकिया
लगाएँगे सर में चमेली का तेल
या कि हम-उम्र छोकरी को टिकली ला देंगे
पसंद करे शायद वह मगही पान का टकही बीड़ा
देखना ओ गंगा मइया !
निराश न करना इन नंग-धड़ंग चतुर्भुजों को !

कहते हैं, निकली थीं कभी तुम
बड़े-चतुर्भुज के चरणों में निवेदित अर्ध-जल से
बड़े होंगे तो छोटे चतुर्भुज भी चलाएंगे चप्पू
पुष्ट होगा प्रवाह तुम्हारा इनके भी श्रम-स्वेद-जल से
मगर अभी इनको निराश न करना
देखना ओ गंगा मइया !

खुरदरे पैर

खूब गये
दूधिया निगाहों में
फटी बिंवाइयोंवाले खुरदरे पैर

धँस गये
कुसुम-कोमल मन में
गुट्ठल घट्ठोंवाले कुलिश-कठोर पैर

दे रहे थे गति
रबड़-विहीन ठूंठ पैडलों को
चला रहे थे
एक नहीं, दो नहीं, तीन-तीन चक्र
कर रहे थे मात त्रिविक्रम वामन के पुराने पैरों को
नाप रहे थे धरती का अनहद फासला
घंटों के हिसाब से ढोये जा रहे थे !

देर तक टकराये
उस दिन इन आँखों से वे पैर
भूल नहीं पाऊँगा फटी बिवाइयाँ
खुब गईं दूधिया निगाहों में
धँस गईं कुसुम-कोमल मन में

नाकहीन मुखड़ा

गठरी बना गई
माघ की ठिठुरन
अद्भुत यह सर्वांग-आसन

हिली-डुली
वो देखो हिली-डुली गठरी
दे गया दिखाई झबरा माथा
सुलग उठी माचिस की तीलो
बीड़ी लगा धूंकने नाकहीन मुखड़ा
आँखों के नीचे
होठों के ऊपर
दो बड़े छेद थे
निकला उन छिद्रों से
धुआँ ढेर-ढेर सा
अँधेरे में डूब गई ठूँठ बाँह
सहलाते-सहलाते गर्दन
डूब गया सब कुछ अँधेरे में…
शायद दुबारा खिंच जाय कस
चमके शायद दुबारा बीड़ी का सिरा

बहुत दिनों के बाद

बहुत दिनों के बाद
अब की मैंने जी भर देखी
पकी-सुनहली फसलों की मुसकान
—बहुत दिनों के बाद

बहुत दिनों के बाद
अब की मैं जी भर सुन पाया
धान कूटती किशोरियों की कोकिल कंठी तान
—बहुत दिनों के बाद

बहुत दिनों के बाद
अब की मैंने जी भर सूंघे
मौलसिरी के ढेर-ढेर से ताजे-टटके फूल
—बहुत दिनों के बाद

बहुत दिनों के बाद
अब की मैं जी भर छू पाया
अपनी गँवई पगडंडी की चंदनवर्णी धूल
—बहुत दिनों के बाद

बहुत दिनों के बाद
अब की मैंने जी भर तालमखाना खाया

गन्ने चूसे जी भर
—बहुत दिनों के बाद

बहुत दिनों के बाद
अब की मैंने जी भर भोगे
गंध-रूप-रस-शब्द-स्पर्श सब साथ-साथ इस भू पर
—बहुत दिनों के बाद

क्या अजीव नेचर पाया है

कदम-कदम पर मुसकाती है
वात-वात पर हँस देती है
दिल का दर्द कभी नहीं जाहिर करती है
सच बतलाना, कभी उसास नहीं भरती है ?
मुझको तो लगता है, तूने बहुत-बहुत-सा जहर पिया है
धीरे-धीरे सारा ही विष पचा लिया है
शोधित विष का सुधा-तुल्य यह झाग जब कभी
उफन-उफनकर बाहर आता
दुनिया को लगता है : रे, रे ! परजाते के फूल झर रहे
इस लड़की के होठों से तो···
क्या अजीब नेचर पाया है···
पग-पग पर यूं ढेर-ढेर-सा हँस देती है···

खुली एक दिन, मुझसे बोली :
बाबा, पिछले छै वर्षों से गूंगी हूँ मैं
मिला न कोई
मिला न कोई
जिसके आगे अपने दिल की बातें रखती
परिचित हैं यूँ तो बहुतेरे
बोल-चाल या हँसी-खुशी के अवसर आते ही रहते हैं
फिर भी मैं गूंगी हूं बाबा !
कभी-कभी तो लगता है,

इस दिल-दिमाग को कहीं न लकवा मार गया हो !
पागलखाने में भर्ती हो जाऊँ बाबा ?

यह सब सुनकर मैंने उसको
मीठी-सी फटकार बताई
और कहा—आ, ओ री बौड़म,
चलें अपन मद्रासी होटल, गरम-गरम काफी पी आएँ !
गालों पर पड़ गईं प्यार की दो चपतें तो
लगा दिया छत-फाड़ ठहाका !
क्या अजीब नेचर पाया है !
कैसी अद्भुत है यह लड़की ! !

तुम किशोर, तुम तरुण···

तुम किशोर
तुम तरुण
तुम्हारी राह रोककर
अनजाने यदि खड़े हुए हम :
कितना ही गुस्सा आए, पर, मत होना नाराज
वयःसंधि के कितने ही क्षण हमने भी तो
इसी तरह फेनिल क्षोभों के बीच गुजारे
कान लगाकर सुनो : कहीं से आती है आवाज—
"भले ही विद्रोही हो,
"सहनशील होती है लेकिन अगली पीढ़ी"
पर, अपने प्रति सहिष्णुता की भीख न हम माँगेंगे तुमसे
मीमांसा का सप्ततिक्त वह झाग
अजी हम खुशी-खुशी पी लेंगे।
क्रोध-क्षोभ के अवसर चाहे आ भी जाएँ
किन्तु द्वेष से दूर रहेंगे

तुम किशोर
तुम तरुण
तुम्हारी अगवानी में

खुरच रहे हम राजपथों की काई-फिसलन
खोद रहे जहरीली घासें
पगडंडियाँ निकाल रहे हैं
गुंफित कर रक्खी हैं हमने
ये निर्मल-निश्छल प्रशस्तियाँ
आओ, आगे आओ, अपना दायभाग लो
अपने स्वप्नों को पूरा करने की खातिर,
तुम्हें नहीं तो और किसे हम देखें बोलो !
निविड़ अविद्या से मन मूर्छित
तन जर्जर है भूख-प्यास से
व्यक्ति-व्यक्ति दुख-दैन्य ग्रस्त है
दुविधा में समुदाय पस्त है
लो मशाल, अब घर-घर को आलोकित कर दो
सेतु बनो प्रज्ञा-प्रयत्न के मध्य
शांति को सर्वमंगला हो जाने दो
खुश होंगे हम—
इन निर्बल बाँहों का यदि उपहास तुम्हारा
क्षणिक मनोरंजन करता हो
खुश होंगे हम !

होतीं वस आँखें ही आँखें

थकी-पकी तनी-घनी भौंहें
नीली नसोंवाले ढलके पपोटे
सयत्न-विस्फारित कोए
कोरों में जमा हुआ कीचड़
कुछ नहीं होता
कुछ नहीं होता
होतीं वस आँखें ही आँखें

वेतरतीव बालों का जंगल
झुर्रियों भरा कुंचित ललाट
खिचड़ी दाढ़ी का उजाड़ घोंसला
कुछ नहीं होता
कुछ नहीं होता
होतीं वस आँखें ही आँखें

मूंछों की ओट में खोए होठों का सीमांत
सीध में लंबी खिची बड़ी नथनोंवाली नाक
अधिक से अधिक लटके हुए गाल
झाँकते हुए लंबे-लंबे कान
कुछ नहीं होता
कुछ नहीं होता
होतीं बस आँखें ही आँखें

अकाल और उसके बाद

कई दिनों तक चूल्हा रोया, चक्की रही उदास
कई दिनों तक कानी कुतिया सोई उनके पास
कई दिनों तक लगी भीत पर छिपकलियों की गश्त
कई दिनों तक चूहों की भी हालत रही शिकस्त

दाने आए घर के अंदर कई दिनों के बाद
धुआँ उठा आँगन से ऊपर कई दिनों के बाद
चमक उठीं घरभर की आँखें कई दिनों के बाद
कौए ने खुजलाईं पाँखें कई दिनों के बाद

वसंत की अगवानी

दूर कहीं पर अमराई में कोयल बोली
परत लगी चढ़ने झींगुर की शहनाई पर
वृद्ध वनस्पतियों की ठूंठी शाखाओं में
पोर-पोर टहनी-टहनी का लगा दहकने
टूसे निकले, मुकुलों के गुच्छे गदराए
अलसी के नीले फूलों पर नभ मुस्काया
मुखर हुई बाँसरी, उँगलियाँ लगीं थिरकने
पिचके गालों तक पर है कुंकुम न्यौछावर
टूट पड़े भौंरे रसाल की मंजरियों पर
मुरक न जाएँ सहजन की ये तुनुक टहनियाँ
मधुमक्खी के झुंड भिड़े हैं डाल-डाल में
जौ-गेहूँ की हरी-हरी वालों पर छाई
स्मित-भास्वर कुसुमाकर की आशीष रँगीली

शीत समीर, गुलाबी जाड़ा, धूप सुनहली
जग वसंत की अगवानी में बाहर निकला
माँ सरस्वती ठौर-ठौर पर पड़ी दिखाई
प्रज्ञा की उस देवी का अभिवादन करने
आस्तिक-नास्तिक सभी झुक गए, माँ मुस्काई
बोली—बेटे, लक्ष्मी का अपमान न करना
जैसी मैं हूँ, वह भी वैसी माँ है तेरी

धूर्तों ने झगड़े की बातें फैलाई हैं
हम दोनों ही मिल-जुलकर संसार चलातीं
बुद्धि और वैभव दोनों यदि साथ रहेंगे
जन-जीवन का यान तभी आगे निकलेगा
इतना कहकर मौन शारदा हुई तिरोहित
दूर कहीं पर कोयल फिर-फिर रही कूकती
झींगुर की शहनाई बिल्कुल बंद हो गई

नीम की दो टहनियाँ

..

नीम की दो टहनियाँ
झाँकती हैं सीखचों के पार

यह कपूरी धूप
शिशिर की यह दुपहरी, यह प्रकृति का उल्लास
रोम-रोम बुझा लेगा ताजगी की प्यास

रात भर जगती रही
खटती रही
अब कर रही आराम
गाढ़ी नींद का आश्वास भर अब मौन से लिपटा हुआ है
—बेखबर सोई हुई है छापने की यह विराट मशीन
उधर मुँह बाए पड़े हैं टाइपों के मलिन-धूसर केस
पर, इधर तो झाँकती हैं दो सलोनी टहनियाँ
सीखचों के पार

जयति नखरंजनी

सामने आकर
रुक गई चमचमाती कार
बाहर निकलीं वासकसज्जा युवतियाँ
चमक उठी गुलाबी धूप में तन की चंपई कांति
तिकोने नाखूनों वाली उँगलियाँ
सुर्ख नेलपालिश
कीमती रिस्टवाच
अँगूठियों के नग
कानों के मणिपुष्प
किंचित् कपचे हुए सघन नील-कुंतल
सब कुछ चमक उठा, महक उठा वायुमंडल
तरल त्वरित गति थी
ललित थी भंगिमा
करीब के पार्टी-कैम्प तक जाकर पूछ ली अपनी क्रमसंख्या
तत्पश्चात् आगे बढ़ीं पोलिंग बूथ की ओर
आ रहा था डालकर वोट एक अधेड़
उँगली की जड़ में चमक रहा था काला ताजा निशान
ठमक गए सहसा बेचारियों के पैर :
हाय, इतने सुंदर हाथ हो जाएँगे दागी !
भड़क उठा परिमार्जित रुचि-बोध
फिः कौन लगवाए काला निशान !

कौन ले बैलट पेपर, मतदान कौन करे !···
क्षण भर ठिठक कर
नई दिल्ली की तीनों परियाँ
मुड़ गईं सहसा वापस
स्टार्ट हुई कार, लोग लगे हँसने :
बात थी जरा-सी बस काले निशान की,
तीन वोट रह गए फैशन के नाम पर !

गुनगुनाता रहा वहीं
बार-बार एक युवक—
जयति नखरंजनी !
जयति दृग-अंजनी !
भक्त-भ्रम-भंजनी !
नवयुग निरंजनी !

तो फिर क्या हुआ ?

नत नयन
मुद्रित मुख
प्रज्ञाकर
बैठे हैं कुर्सी पर
मात्र वेतन से मतलब !

ढेले चलाए
अशांत उत्तेजित भीड़ ने…
कर गई विषाक्त वातावरण को
पुलिस की अश्रु गैस…
निरपराध-निरीह किशोर हुआ खून…
पिट गए शांत-शिष्ट अफसर…
प्रज्ञाकर गुणनिधान बोले—
तो फिर क्या हुआ !
नत नयन मुद्रित मुख कुर्सीधर ने देखा—
तो फिर क्या हुआ !
महीन मुस्कान फेंकते रहे मेरी ओर
वेतन सर्वस्व बुद्धिजीवी महानुभाव
बढ़ा दी आगे गोल्ड फ्लैक की पाकिट
इशारे से कहा—लीजिए !
और खुद की खातिर निकाला
मोटा मद्रासी सिगार

नदी के पेट में चला गया है समूचा गाँव
बे-घर हो गए हैं हजारों लोग
पगला गई है बूढ़ी गंडक
छोड़कर सिगार का ढेर-ढेर धुआँ
प्रज्ञाकर गुणनिधान प्राचार्य बोले—
यह सब तो चलता ही रहेगा
कहाँ तक रोएँगे आप ?
प्रलय नहीं होगा तो सृष्टि कैसे होगी,
क्यों भला बंद हों नाश और निर्माण के चक्र ?
और फिर मेरी तरफ झुक गए,
आहिस्ते से पूछा—
आखिर कुछ तो मँगवाऊँ, क्या लेंगे आप ?
काफी या ओवल्टीन ?
या फिर नींबू का शर्बत ?

गजब का निकला सोवियत बालचंद्र···
प्राचार्य भुनभुनाए—
यह सब करिश्मे उन्हें ही मुबारक हों
अपना तो आसमान फीका ही रहेगा !

आ चुके थे काफी के प्याले
शुरू हुईं चुस्कियाँ
स्पंदित थे होठ
कुछ देर बाद प्राचार्य बोले—
डालर की किल्लत भी खूब रही
लल्ला नहीं जा सका शिकागो
हो गई पैसेज रद
ट्रंक से पूछा था···

लेकर काफी की आखिरी घूंट
मैंने कहा सहज-शिष्ट स्वर में—
तो फिर क्या हुआ ?
सिगारपायी कुर्सीधर प्राचार्य बोले—

हो गई गरीब की कैरियर चौपट
और आप पूछते हैं,
तो फिर क्या हुआ !
तो फिर क्या हुआ !
आप भी साहब निरे साहित्यिक ठहरे !!

जी हाँ, सो तो हूँ ही—
आहिस्ते से निकला मेरे मुँह से
अगले ही क्षण बढ़ गया हाथ गोल्ड फ्लैक की ओर
नत नयन मुद्रित मुख बुद्धिजीवी महानुभाव
'स्टेट्समैन' में डूब गए
और मैं उठ आया
छोड़ आया धुएँ के छल्ले

सौंदर्य-प्रतियोगिता

गंगा की मछली···
यमुना की मछली···
सहेली थीं दोनों,
हिल-मिल कर रहती थीं
कभी-कभी निकल जाती थीं दूर
संगम से आगे, और आगे, और आगे
एक बार हुआ यूं कि
सुलग उठी स्पर्धा की आग दोनों के अंदर
—मैं हूँ सुंदर तो मैं हूँ सुंदर !
इस तू-तू-मैं में दिन चढ़ा ऊपर
कि सहसा दे गया दिखाई कछुआ रेती पर
जाड़े की धूप में पड़ा था पसर कर

मछलियाँ पास आईं,
प्रणाम किया, बोलीं—
सच-सच कहिएगा बाबा,
हम में से किसका वाजिब है खूबसूरती का दावा ?

वयस्क-बुजुर्ग सुधी शिरोमणि कछुआ
हिलाता रहा लंबी गर्दन, देखता रहा मछलियों की ओर
बोला वह स्थितप्रज्ञ कुछ क्षण उपरांत—
गंगा की मछली, तुम भी सुंदर हो

जमना की मछली, तुम भी सुंदर हो
वाजिब है दोनों का दावा…
चीख पड़ीं मछलियाँ—तो फिर बाबा
नाहक हम लड़ते रहे इतनी देर ?
कहिए साफ-साफ
किसके हक में पड़ता है इन्साफ ?
तो फिर सच-सच बतला दूँ ?—
पकी प्रज्ञावाले बाबाजी बोले गर्दन हिला कर
—तुम भी सुंदर हो गंगा की मछली,
जमना की मछली, तुम भी सुंदर हो
किंतु, बनिस्बत तुम दोनों के
मैं अधिक सुंदर हूँ
बिल्लौरी काँच-सी कांतिवाली यह गर्दन…
बरगद-सी छतनार ऐसी पीठ…
नन्हें मसूर-से ऐसे ये नेत्र…
देखी नहीं होगी ऐसी खूबसूरती
आओ, और निकट आओ !
यूँ मत घबराओ !

भाग कर दोनों हो गईं गायब
संगम की अतल जलराशि में
अधूरा ही रह गया
प्रवचन महामुनि का

चातकी

प्रतीक्षा थी, आस थी, विश्वास था
और, प्रियतम ! जले हिय पर लदा
वेदनाओं का विकट इतिहास था !
कंठगत थे प्राण तेरे ध्यान में
निठुर जग तो ले रहा था रस यहाँ
'पी कहाँ' की मर्मवेधक तान में !

सुहाई मुझको न काली घन-घटा
सुहाई मुझको न पावस की छटा
जलधि सातों ही मुझे खारे लगे
लगीं फीकी उमड़ती नदियाँ सभी
चित्त पर मेरे न चढ़ पाया कभी ।
वह सरोवर भी धवल कैलाश का

टुकड़ियों में बँटे औ बिखरे हुए
धन्य ! स्वाती के जलद तुम धन्य हो
विकल थी चिर प्यास से यह चातकी
आ गए तुम, अब कमी किस बात की
किया दर्शन, नयन शीतल हो गए
उपालंभक भाव थे, सब सो गए
आ गई है जान में अब जान रे
कर लिया मैंने अमृत का पान रे
(चार बूंदें ही मुझे पर्याप्त थीं !)

कालिदास

कालिदास, सच-सच बतलाना !
इंदुमती के मृत्युशोक से
अज रोया या तुम रोये थे ?
कालिदास, सच-सच बतलाना !

शिवजी की तीसरी आँख से
निकली हुई महाज्वाला में
घृतमिश्रित सूखी समिधा-सम
कामदेव जब भस्म हो गया
रति का क्रन्दन सुन आँसू से
तुमने ही तो दृग धोये थे ?
कालिदास, सच-सच बतलाना
रति रोई या तुम रोये थे ?

वर्षा ऋतु की स्निग्ध भूमिका
प्रथम दिवस आषाढ़ मास का
देख गगन में श्याम घन घटा
विधुर यक्ष का मन जब उचटा
खड़े-खड़े तब हाथ जोड़कर
चित्रकूट के सुभग शिखर पर
उस बेचारे ने भेजा था

जिनके ही द्वारा संदेशा
उन पुष्करावर्त मेघों का
साथी बनकर उड़नेवाले
कालिदास, सच-सच बतलाना
परपीड़ा से पूर-पूर हो
थक-थक कर औ चूर-चूर हो
अमल-धवल गिरि के शिखरों पर
प्रियवर, तुम कव तक सोये थे ?
रोया यक्ष कि तुम रोये थे ?
कालिदास, सच-सच बतलाना !

हटे दनुजदल, मिटे अमंगल

पुलकित तन हो
मुकुलित मन हो
सरस और सक्षम जीवन हो !
फिर न युद्ध हो
गति न रुद्ध हो
निर्भय-निरातंक यौवन हो !

अन्न - वस्त्रदा
सुखदा, शुभदा
प्राणों से भी बढ़ कर प्यारी !
हिम- किरीटिनी !
जलधि- पैंजनी
बने स्वर्ग यह भूमि हमारी !
अधर-अधर पर
हास अनश्वर
शिर-शिर पर अमिताभताज हो !
सतत अभ्युदित
जन जन प्रमुदित
सर्व सुखद सुन्दर समाज हो !

सभी कलाधर,
सभी सुधाकर
सब के मुँह पर अतुल कांति हो !
हटे दनुजदल
मिटे अमंगल
जल, थल, नभ सर्वत्र शांति हो !

सिन्दूर तिलकित भाल

घोर निर्जन में परिस्थिति ने दिया है डाल !
याद आता तुम्हारा सिंदूर तिलकित भाल !
कौन है वह व्यक्ति जिसको चाहिये न समाज ?
कौन है वह एक जिसको नहीं पड़ता दूसरे से काज ?
चाहिये किसको नहीं सहयोग ?
चाहिये किसको नहीं सहवास ?
कौन चाहेगा कि उसका शून्य में टकराय यह उच्छ्वास ?
हो गया हूँ मैं नहीं पाषाण
जिसको डाल दे कोई कहीं भी
करेगा वह कभी कुछ न विरोध
करेगा वह कुछ नहीं अनुरोध
वेदना ही नहीं उसके पास
फिर उठेगा कहाँ से निःश्वास
मैं न साधारण, सचेतन जंतु
यहाँ हाँ — ना —किंतु और परंतु
यहाँ हर्ष-विषाद-चिंता-क्रोध
यहाँ है सुख दुःख का अवबोध
यहाँ हैं प्रत्यक्ष औ' अनुमान
यहाँ स्मृति-विस्मृति के सभी के स्थान
तभी तो तुम याद आतीं प्राण,
हो गया हूँ मैं नहीं पाषाण !

याद आते स्वजन
जिनकी स्नेह से भींगी अमृतमय आँख
स्मृति-विहंगम की कभी थकने न देगी पाँख
याद आता मुझे अपना वह 'तरउनी' ग्राम
याद आतीं लीचियाँ, वे आम
याद आते मुझे मिथिला के रुचिर भू-भाग
याद आते धान
याद आते कमल, कुमुदिनि और तालमखान
याद आते शस्य-श्यामल जनपदों के
रूप-गुण-अनुसार ही रक्खे गये वे नाम
याद आते वेणुवन वे नीलिमा के निलय, अति अभिराम

धन्य वे जिनके मृदुलतम अंक
हुए थे मेरे लिए पर्यंक
धन्य वे जिनकी उपज के भाग
अन्न-पानी और भाजी-साग
फूल-फल औ' कंद-मूल, अनेक विध मधु-मांस
विपुल उनका ऋण, सधा सकता न मैं दशमांश
ओह, यद्यपि पड़ गया हूँ दूर उनसे आज
हृदय से पर आ रही आवाज—
धन्य वे जन, वही धन्य समाज
यहाँ भी तो हूँ न मैं असहाय
यहाँ भी हैं व्यक्ति औ' समुदाय
किंतु जीवन भर रहूँ फिर भी प्रवासी ही कहेंगे हाय !
मरूँगा तो चिता पर दो फूल देंगे डाल
समय चलता जायगा निर्बाध अपनी चाल
सुनोगी तुम तो उठेगी हूक
मैं रहूँगा सामने (तसवीर में) पर मूक
सांध्य नभ में पश्चिमांत-समान
लालिमा का जब करुण आख्यान
सुना करता हूँ, सुमुखि उस काल
याद आता तुम्हारा सिन्दूर तिलकित भाल

यह दंतुरित मुस्कान

तुम्हारी यह दंतुरित मुस्कान
मृतक में भी डाल देगी जान
धूलि-धूसर तुम्हारे ये गात…
छोड़ कर तालाब मेरी झोपड़ी में खिल रहे जलजात
परस पाकर तुम्हारा ही प्राण,
पिघल कर जल बन गया होगा कठिन पाषाण
छू गया तुम से कि झरने लग पड़े शेफालिका के फूल
बाँस था कि बबूल ?
तुम मुझे पाये नहीं पहचान ?
देखते ही रहोगे अनिमेष !
थक गये हो ?
आँख लूं मैं फेर ?
क्या हुआ यदि हो सके परिचित न पहली बार ?
यदि तुम्हारी माँ न माध्यम बनी होती आज
मैं न सकता देख
मैं न पाता जान
तुम्हारी यह दंतुरित मुस्कान
धन्य तुम, माँ भी तुम्हारी धन्य !
चिर प्रवासी मैं इतर, मैं अन्य !
इस अतिथि से प्रिय तुम्हारा क्या रहा सम्पर्क
उँगलियाँ माँ की कराती रही हैं मधुपर्क

देखते तुम इधर कनखी मार
और होतीं जब कि आँखें चार
तब तुम्हारी दंतुरित मुस्कान
मुझे लगती बड़ी ही छविमान

गीले पाँक की दुनिया गई है छोड़

बढ़ी है इस बार गंगा खूब
दियारों पर गाँव कितने ही गए हैं डूब
किन्तु हम तो शहर की इस छोर पर हैं
देखते हैं रात-दिन जल-प्रलय का ही दृश्य
पत्थरों से बँधी गहरी नींव वाला
किराये का घर हमारा रहे यह आबाद
पुराना ही सही पर मजबूत
रही जिसको अनवरत झकझोर
क्षुब्ध गंगा की विकट हिलकोर
सामने ही पड़ोसी के—
नीम, सहजन, आँवला, अमरूद
हो रहे आकंठ जल में मग्न
रह न पाए स्तंभ पुल के नग्न
दूधिया पानी बना उनका रजत परिधान
रेलगाड़ी के पसिंजर खड़े होकर
खिड़कियों से झाँकते हैं
देखते हैं बाढ़ का यह दृश्य
उधर झूँसी इधर दारागंज…
बीच का विस्तार
बन गया है आज पारावार
भगवती भागीरथी—

ग्रीष्म में यह हो गई थी प्रतनु-सलिला
विरहिणी की पीठ-लुंठित एकवेणी-सदृश
जिसको देखते ही व्यथा से अवसन्न होते रहे मेरे नेत्र
रिक्त ही था वरुण की कल-केलि का यह क्षेत्र
काकु करती रही पुल की प्रतिच्छाया, मगर यह थी मौन
उस प्रतनुता से अरे इस बाढ़ की तुलना करेगा कौन ?

सो गए जल में बड़े हनुमान
तख्तपोश उठा लाए दूर गंगापुत्र
कृष्णद्वैपायनों का परिवार—
मलाहों के झोपड़ों का अति मुखर संसार
त्रिवेणी के वाँध पर आकर हुआ आबाद
चिर उपेक्षित हमारी छोटी गली की
रूढ़-दंतुर सीढ़ियाँ ही बन गई हैं घाट
भला हो इस बाढ़ का !

पाँच दिन बीते कि हटने लग गई बस बाढ़
लौटकर आ जायगा फिर क्या वही आषाढ़ ?
हटी गंगा
किन्तु, गीले पाँक की दुनिया गई है छोड़
और उस पर
मलाहों के छोकरों की क्रमांकित पद-पंक्ति
खूब सुन्दर लग रही है···
मन यही करता कि मैं भी
उन्हीं में से एक होता
और—
नंगे पैर, नंगा सिर
समूचा बदन नंगा···
विचरता पंकिल पुलिन पर
नहीं मछली ना सही,
दस-पाँच या दो-चार क्या कुछ घुंघचियाँ भी नहीं मिलतीं ?

और तू चक्कर लगा आया तमाम

रीते मन !
छूँछे मन !
खाली मन !

दिशाशून्य, इंगितहीन !
भ्रांत-क्लांत, दलित-दीन !
भीतर के भयभीत !
बाहर के युगजीत !
क्षुद्र मन, छिछोर मन !
डाकू मन, चोर मन !
बेहद भगोड़े मन !
लगाऊँ कोड़े मन ?
च्चुः च्चुः च्चुः चू
भाग न तू, भाग न तू
आ भाई, हाँ भाई, आ जा, अब आ जा !
दस-द्वारी नगरी के ओ रे प्रिय राजा
आ जा प्रिय आ जा !
आ भी तो—
ले भी तो—
चाकलेट-टाफी
चल, पिला लाऊँ मद्रासी काफी
आ जा प्रिय, आ जा !
तन के प्रिय राजा !

चुं च्चुः चू
डर न तू, भाग न तू
सजा नहीं दूंगा मैं
बलैया ही लूंगा मैं
तू तो प्रिय, यूँ ही बस भटकता है !
देह के महल में क्या कुछ खटकता है ?
आ भी तो, बता भी तो !
लगे कुछ पता भी तो !
ले चल तन को भी उड़ाकर सागर पार
अकेले क्या छूना हिमगिरि का घन तुषार
दिखा इन दृगों को भी गोवी के मरु-कण
रगों तक पहुँचे खरोंच के गहरे व्रण
चुपके क्या भागना !
अकेले क्या जागना !
पुलाव क्या खाना खयाली, मन !
रीते मन, छूंछें मन, खाली मन !

खींच रहा बार-बार कुंचित अलकों का स्निगध सौरभ ?
बुलाए लिए जा रहे झुलसने को साथ-साथ अरुण शलभ ?
आमंत्रित कर रही शतरूपा शफरी ?
कर रही मदमस्त निज गुंजन से भ्रमरी ?
हाय मन, होय मन !
यह सब नहीं अपने बस का !
कब कहाँ लगा तुझे इनकी संगत का चस्का !
संभल जा औरों को फाँसने को आतुर मन, जाली मन !
रीते मन, छूंछे मन, खाली मन !

निठुर होकर बहुधा चलाए हैं चाबुक विवेक के
खींच-खींच बढ़ाता रहा हूँ सीमांत टेक के
इकन्नी भर स्वेच्छा-सुख की खातिर सदैव तरसाया है
वक्त-बेवक्त विधि का, निषेध का बादल बरसाया है
ठगा है पग-पग पे, बात-बात में दिया है यूँ ही दिलासा
खुद की सनक के पीछे रखा है तुझे भूखा-प्यासा

फिर नहीं ऐसा करूँगा, ले, पकड़ता हूँ कान !
आ मेरे मीत, तरस भी तो खा, जा भी तो मान !
पड़े हैं करने को बहुत-सारे काम,
और तू चक्कर लगा आया तमाम !
अब तो बस कर, लाज रख लाल !
कई दिनों से सूना हूँ, निठल्ला, बुरा है हाल !
आ जा, आ जा मेरे भोले शाह !
जाने कब से देख रहा हूँ राह
कहूँगा नहीं कुछ, चाहे जैसे रहना
सह लूंगा चाहे जो भी पड़े सहना
बहुत बड़ी हानि है मेरे लेखे तेरा यह असहयोग
गति की इति है, जीवन का अंत है तेरा यह पलायन
जब कभी यूं तू होता है विक्षिप्त
रह नहीं पाता हूँ निर्लिप्त
लीलने लगते शून्यता के अनंत आवर्त
मन की रुझान है तन के स्वास्थ्य की पहली शर्त
आ जा प्रिय, आ जा प्रिय, पतझड़ समाप्त हो
जीवन की बगिया के माली मन !
सादे मन, रंगीले मन, भरे मन, खाली मन !

कैसा लगेगा तुम्हें ?

कैसा लगेगा तुम्हें ?
कुटिलमति मायावी दस्यु यदि
हालाहल घोल जाय गंगा-यमुना के जल में
जहरीली गैस से कर दे यदि दूषित दक्षिण समीर को
कैसा लगेगा तुम्हें ?

कैसा लगेगा तुम्हें ?
जंगली सुअर यदि ऊधम मचाएँ
तहस-नहस कर डालें फसलें
देखकर पदमर्दित उत्कट सुरभिवाली दूधिया बालें
देखकर भूलुंठित कुचली कनकमंजरियाँ
टूक-टूक हो यदि हृदय लोकलक्ष्मी का
कैसा लगेगा तुम्हें ?

कैसा लगेगा तुम्हें ?
बारूदी शोलों से दहकें अमराइयाँ
झुलस-झुलस राख हों ताम्रचूड़ आम्रपल्लव
वेणुवन ठूंठ हों, ठूठ हों शालवन
खा-खाकर आँच फटे महुआ की रग-रग
दूधिया खून बहे, बह-बहकर जमता जाय
कैसा लगेगा तुम्हें ?

ऐसा क्या अब फिर-फिर होगा ?

ग्रामवासिनी-नगरवासिनी
माताओं-बहनों-बहुओं की
रुकी निगाहें, झुकी निगाहें
क्रुद्ध निगाहें, क्षुब्ध निगाहें
अरुण निगाहें, करुण निगाहें
डरी निगाहें, भरी निगाहें
तरल निगाहें, सजल निगाहें
व्यथित निगाहें, मथित निगाहें
स्तब्ध निगाहें, शून्य निगाहें
देख रहीं बी० एन० कालिज के बरामदे पर सूखा शोणित-पंक
प्रभाहीन इन चेहरों पर छा रहा स्याह आतंक
समझ न पातीं, किसने थोपा मानवता पर ऐसा अमिट कलंक
भींगी-भींगी, सहमी-सहमी
दहशतभरी निगाहों के ये दृश्य भला मैं भूल सकूंगा ?
भूल सकूंगा सिंदूरित सीमंत लिए उस नवयुवती की
'ईस-ईस' सी मुखर टीस ?
घुटती-सी साँसें ?
घायल नजरों पर पलकों की पूरी पट्टी ?
गोरी ग्रीवा की नलियों में भिचे-भिचे-से प्राण ?
चंपई देह, काँपती कनकलता-सी···भूल सकूंगा ?
माँ या चाची—किस अधेड़ महिला ने उसको

गिरते-गिरते बचा लिया है, कौन बचाए ?
जैसे-जैसे वे आगे बढ़ गईं किन्तु मैं देख रहा हूँ
सोच रहा हूँ, देख रहा हूँ
देख रहा हूँ, सोच रहा हूँ
उस तरुणी का भी दूल्हा शायद कालिज में पढ़ता होगा !
इसी साल तो नहीं हुई उनकी भी शादी ?
अगर पुलिस की नादिरशाही का शिकार हो गया
कहीं उसका भी दूल्हा
तो क्या होगा ?
तो क्या होगा ?
इसी तरह उस बेचारे का लहू जमेगा ?
आ-आ के देखेगी दुनिया ?
भींगी-भींगी सहमी-सहमी
दहशत-भरी निगाहों का वह दृश्य देख कर
खोया-खोया इसी तरह कवि खड़ा रहेगा ?
हाय, हाय, मैं सोच रहा हूँ कैसी बातें !!
ऐसा क्या अब फिर-फिर होगा ?
ज्ञानपीठ ये दूषित होंगे बार-बार क्या ?

ओ जन-मन के सजग चितेरे

हँसते हँसते, बाते करते
कैसे हम चढ़ गए धड़ाधड़
बंबेश्वर के सुभग शिखर पर
मुन्ना रह-रह लगा ठोकने
तो टुनटुनिया पत्थर बोला—
हम तो हैं फौलाद, समझना हमें न तुम मामूली पत्थर
नीचे है बुंदेलखंड की रत्न-प्रसविनी भूमि
शीश पर गगन तना है नील मुकुर-सा
नाहक नहीं हमें तुम छेड़ो…
फिर मुन्ना कैमरा खोलकर
उन चट्टानों पर बैठे हम दोनों की छवियाँ उतारता रहा देर तक

नीचे देखा :
तलहटियों में
छतों और खपरैलोंवाली
सादी-उजली लिपी-पुती दीवारोंवाली
सुन्दर नगरी बिछी हुई है
उजले पालों वाली नौकाओं से शोभित
श्याम-सलिल सरवर-है बाँदा
नीलम की घाटी में उजला श्वेत कमल-कानन है बाँदा !
अपनी इन आँखों पर मुझको

मुश्किल से विश्वास हुआ था
मुँह से सहसा निकल पड़ा –
क्या सचमुच बाँदा इतना सुन्दर हो सकता है
यू० पी० का वह पिछड़ा टाउन कहाँ हो गया गायब सहसा
बाँदा नहीं, अरे यह तो गंधर्व नगर है···

उतरे तो फिर वही शहर सामने आ गया !
अधकच्ची दीवारोंवाली खपरैलों की ही बहार थी
सड़कें तो थीं तंग किंतु जनता उदार थी
बरस रही थी मुस्कानों से विवश गरीबी
मुझे दिखाई पड़ी दुर्दशा ही चिरजीवी
ओ जन-मन के सजग चितेरे
साथ लगाए हम दोनों ने बाँदा के पच्चीसों फेरे
जनसंस्कृति का प्राणकेंद्र पुस्तकागार वह
वयोवृद्ध मुन्शीजी से जो मिला प्यार वह
केन नदी का जलप्रवाह, पोखर नवाब का
वृद्ध सूर्य के चंचल शिशु भास्वर छायानट
सांध्य घनों की सतरंगी छवियों का जमघट
रॉड ज्योति से भूरि-भूरि आलोकित स्टेशन
वहीं पास में भिखमंगों का चिर-अधिवेशन
कागज के फूलों पर ठिठकी हुई निगाहें
बसें छबीली, धूल भरी वे कच्ची राहें
द्वारपाल-सा जाने कब से नीम खड़ा था
ताऊजी थे बड़े कि जाने वही बड़ा था
नेह-छोह की देवी, ममता की वह मूरत
भूलूंगा मैं भला बहूजी की वह सूरत ?
मुन्नू की मुस्कानों का प्यासा बेचारा
चिकना-काला मखमल का वह बटुआ प्यारा
जी, रमेश थे मुझे ले गए केन नहाने
भूल गया उस दिन दतुअन करना क्यों जाने
शिष्य तुम्हारे शब्द-शिकारी
तरुण-युगल इकबाल-मुरारी !

ऊंचे-ऊँचे उड़ती प्रतिभा थी कि परी थी
मेरी खातिर उनमें कितनी ललक भरी थी
रह-रह मुझको याद आ रहे मुन्ना दोनों
तरुणाई के ताजा टाइप थे वे मोनो

बाहर-भीतर के वे आँगन
फले पपीतों की वह बगिया
गोल बाँधकर सबका वह 'दुखमोचन' सुनना
कड़ी धूप, फिर बूंदाबाँदी
फिर शशि का वरसाना चाँदी···
चितकबरी चाँदनी नीम की छतनारी डालों से
छन-छनकर आती थी
आसमान था साफ, टहलने निकल पड़े हम
मैं वोला : केदार, तुम्हारे बाल पक गए !
'चिंताओं की घनी भाफ में सीझे जाते हैं बेचारे'—
तुमने कहा, सुनो नागार्जुन,
दुख-दुविधा की प्रवल आँच में
जब दिमाग ही उवल रहा हो
तो बालों का कालापन क्या कम मखौल है ?
ठिठक गया मैं, तुम्हें देखने लगा गौर से···
गौर-गेहुआँ मुखमंडल चाँदनी रात में चमक रहा था !
फैली-फैली आँखों में युग दमक रहा था
लगा सोचने—
तुम्हें भला क्या पहचानेंगे बाँदावाले !
तुम्हें भला क्या पहचानेंगे साहब काले !
तुम्हें भला क्या पहचानेंगे आम मवक्किल !
तुम्हें भला क्या पहचानेंगे शासन की नाकों पर के तिल !
तुम्हें भला क्या पहचानेंगे जिला-अदालत के वे हाकिम !
तुम्हें भला क्या पहचानेंगे मात्र पेट के वने हुए हैं जो कि मुलाजिम
प्यारे भाई, मैंने तुमको पहचाना है
समझा-बूझा है, जाना है···
केन-कूल की काली मिट्टी, वह भी तुम हो !

कालिंजर का चौड़ा सीना, वह भी तुम हो !
ग्रामवधू की दबी हुई कजरारी चितवन, वह भी तुम हो !
कुपित कृषक की टेढ़ी भौंहें, वह भी तुम हो
खड़ी-सुनहली फसलों की छवि-छटा निराली, वह भी तुम हो !
लाठी लेकर कालरात्रि में करता जो उनकी रखवाली,
वह भी तुम हो

जनगण-मन के जाग्रत शिल्पी
तुम धरती के पुत्र : गगन के तुम जामाता !
नक्षत्रों के स्वजन कुटुम्बी, सगे बंधु तुम नद-नदियों के !
झरी ऋचा पर ऋचा तुम्हारे सबल कंठ से
स्वर-लहरी पर थिरक रही है युग की गंगा
अजी, तुम्हारी शब्दशक्ति ने बाँध लिया है
भुवनदीप कविनेरूदा को
मैं बड़भागी, क्योंकि प्राप्त है मुझे तुम्हारा
निश्छल-निर्मल भाईचारा
मैं बड़भागी, तुम जैसे कल्याण मित्र का जिसे सहारा
मैं बड़भागी, क्योंकि चार दिन बुंदेलों के साथ रहा हूँ
मैं बड़भागी क्योंकि केन की लहरों में कुछ देर बहा हूँ
बड़भागी हूँ, बाँट दिया करते हो हर्ष-विषाद
बड़भागी हूँ, बार-बार करते रहते हो याद

•••